OEUFS DE PAQUES

PARIS. — IMP. SIMON RAÇON ET COMP., RUE D'ERFURTH. 1

LES

ŒUFS DE PAQUES

ABRÉGÉS

DU CHANOINE SCHMID

PARIS

AMÉDÉE BÉDELET, ÉDITEUR

14, RUE SÉGUIER

1866

Dans une petite vallée entourée
de forêts et dominée par de hautes
montagnes, vivaient, il y a plusieurs siècles, de pauvres charbonniers. Une vache et quelques chè-

vres composaient toute la fortune de chaque famille.

Un jour, la petite fille d'un charbonnier, qui gardait des chèvres, accourut chez ses parents et leur annonça qu'il était arrivé dans la vallée des étrangers habillés d'une façon singulière et parlant un langage inconnu. C'étaient une dame de distinction, deux enfants et un vieillard. « Ces gens, ajouta la petite fille, meurent de faim et sont accablés de fatigue. Il faudrait leur porter de quoi boire et manger, et

voir si nous pouvons leur offrir un gîte pour la nuit. » Les parents prirent aussitôt du pain d'orge, du lait, du fromage, et allèrent au devant des étrangers.

Pendant ce temps, la dame s'était assise sur un quartier de roche couvert de mousse; sur ses genoux elle tenait l'un de ses enfants, petite fille d'une rare beauté. Le vieux domestique, respectable vieillard, était occupé à décharger de nombreux bagages, que portait le mulet qu'ils avaient amené. L'autre en-

2

fant, vif et beau garçon, présentait à la bête des chardons, qu'elle mangeait avec avidité.

Le charbonnier et sa femme offrirent aux étrangers du lait, du pain et du fromage. La dame leur rendit mille actions de grâces, fit boire ses enfants, puis elle leur donna du pain, et songea seulement alors à se rassasier elle-même.

Le vieillard demanda avec instance à ces bonnes gens s'ils ne pourraient pas céder un petit logement dans une de leurs chaumières

BAULANT

à cette dame et à ses enfants, ajou-
tant qu'elle payerait tout exacte-
ment. « Oh oui ! dit la dame ; ayez
pitié d'une mère et de ses deux
enfants qu'un horrible destin a
chassés de leur patrie. »

Le meunier avait construit sur
le bord d'un ruisseau une jolie
petite maison, il s'empressa de l'offrir à l'étrangère. Elle fut charmée
de cette offre obligeante ; elle trouva
fort convenable la maison, qui se
trouvait déjà pourvue d'une table,
de quelques chaises et de bois de

lit. Elle avait apporté sur son mulet de magnifiques tapis et de très-beau linge ; elle put donc passer la nuit dans cette maison et, avant de se coucher, elle et ses enfants remercièrent Dieu de leur avoir enfin fait trouver un asile aussi convenable. « Qui eût cru, dit-elle, que moi, élevée dans les palais, je m'estimerais un jour heureuse d'être recueillie dans une pareille chaumière ? Ah ! combien les grands ont besoin d'être bons envers leurs inférieurs !... car personne ne sait ce qui peut arriver. »

Le lendemain matin, la dame sortit avec ses deux enfants. Ils admirèrent avec transport le bel aspect de ces lieux. Mais ce qui attira davantage l'attention des enfants, ce fut les ailes du moulin. Le petit garçon s'amusait surtout du craquement qu'elles produisaient, et du mouvement rapide avec lequel elles s'élevaient en tournant. La petite fille aimait mieux les pierres brillantes du ruisseau.

La jeune paysanne qui, la première avait montré à la dame le chemin de la vallée, et qui s'appelait Marthe, entra au service des étrangers.

« Avant tout, il me faut des œufs, — dit la dame lorsqu'elle voulut se préparer à faire la cuisine. — Des œufs? demanda Marthe; mais les oiseaux ne pondent plus; et puis, il faudrait plus de cent œufs de pinson et de linotte pour rassasier quatre personnes. — Qui te parle de petits œufs d'oiseaux? répliqua la dame. Ce sont des œufs de poule que je veux. » A ces mots Marthe secoua la tête et dit : « Je

ne sais pas du tout ce que c'est
que ces oiseaux ; je n'en ai jamais
vu. — Bon Dieu ! s'écria la dame,
ainsi vous n'avez pas de poules
chez vous ? »

Les poules nous vinrent en effet
de l'Orient, et alors, dans certaines
contrées, une poule était aussi rare
que l'est aujourd'hui un paon.

La dame fut bien embarrassée
pour faire sa petite cuisine. « Je
n'aurais jamais cru, dit-elle, combien un œuf est un bienfait de la
Providence. »

La bonne dame était donc obligée de vivre bien chétivement. Le vieux domestique qu'elle avait amené lui rendait les plus grands services. Elle possédait encore quelques bijoux ; il partait, et restait souvent absent assez longtemps pour les vendre. Les habitants de la vallée remarquèrent qu'après chaque retour du domestique, la dame paraissait toujours très-affligée. Ils auraient bien désiré savoir qui étaient ces étrangers ; mais lorsqu'ils interrogeaient le domestique,

il leur disait des noms si étranges
qu'ils pouvaient à peine les répéter.
« Dis-nous donc, demandaient-ils
au petit garçon, comment se nomme
ta mère? Dis-le nous seulement à
l'oreille. » L'enfant leur disait alors
très-bas: « Elle s'appelle *Maman*. »

DIEU MERCI! NOUS AVONS ENFIN DES POULES!

Un jour, le vieux domestique, qui s'appelait Kuno, apporta sur ses épaules une cage contenant un coq et quelques poules.

Les enfants de la vallée furent très-curieux de savoir ce que contenait ce coffre grillé, qui était couvert de toile de manière à n'y rien laisser voir. Ils accompagnèrent Kuno jusque devant la maison de la dame, qui sortit aussitôt, rayonnante de jöie. « Dieu merci ! s'écria la petite fille en frappant des mains, nous avons enfin des poules ! »

La dame jeta à ces oiseaux plusieurs poignées d'avoine. Les enfants se tenaient en cercle, debout

ou à genoux, les regardant, le vi-
sage épanoui.

Dès que l'avoine fut mangée, le
coq, déployant ses ailes, se mit à
chanter, et tous les enfants de rire.
Tous, en s'en allant, criaient :
Cocorico! La curiosité s'empara
également des parents; ils vinrent
voir les volatiles étrangers, et n'en
furent pas moins émerveillés.

Quelque temps après, une poule
se mit à couver. Lorsque les œufs
furent près d'éclore, la dame fit
appeler les enfants. Elle leur mon-

tra un œuf éclos. Oh ! combien ils se réjouirent de voir les efforts du jeune poussin pour en sortir ! La dame l'aida à briser sa coquille. C'est alors que l'étonnement s'accrut lorsqu'ils virent le petit oiseau, jeter des regards vifs avec ses petits yeux noirs, et courir aussitôt avec facilité.

La joie des enfants et de leurs parents fut au-dessus de toute expression lorsqu'ils virent la belle et brillante poule noire venir sur le gazon vert au milieu de ses quinze

poussins. « On ne peut rien voir de
plus beau, » dit un charbonnier.
« Eh! écoute donc! répondit la
charbonnière, comme la mère appelle ses petits, et comme ils enten-
dent cette voix et y sont dociles! il
serait à désirer que vous, enfants,
vous obéissiez toujours ainsi. »

Le meunier qu'au milieu de ces
noirs charbonniers l'on remarquait
facilement à ses habits enfarinés dit :
C'est Dieu qui a inspiré à cette bonne
mère l'instinct de la tendresse pour
ses poussins, tant la Providence est

soigneuse pour les petits animaux !
Ne doit-elle pas avoir pour nous
plus de soin encore? Oui, certes;
aussi bon courage, braves gens!
Dieu fait tout pour le plus grand
bien; il prend soin de toutes ses
créatures, mais surtout de l'homme,
qui, à ses yeux, vaut plus que toutes les poules et que tous les oiseaux
de l'univers. »

LA FÊTE DES ŒUFS TEINTS

L'été et l'automne passèrent, puis
arriva l'hiver qui fut très-rude. Depuis le chemin creux qui se trouvait
entre les rochers jusqu'à la sommité

des montagnes, on n'apercevait plus
rien; le moulin était silencieux; les
cascades, cristallisées par le froid,
restaient suspendues aux rochers;
aussi la joie des habitants fut-elle
sans égale lorsque la fonte des nei-
ges ramena le printemps.

Les enfants de la vallée vinrent
aussitôt voir les petits étrangers,
Edmond et Blanche, et leur appor-
tèrent les premières violettes. « Il
faut, dit la noble dame, que je leur
procure aussi quelque plaisir, à ces
bons enfants. Je veux, pour le pro-

chain jour de Pâques, leur procurer
un divertissement. Mais que vais-je
leur donner? Nous n'avons en ce
temps-ci que des œufs. — Mais, dit
Marthe, il est dommage qu'ils ne
soient pas de couleurs différentes.
— Tu me donnes là, dit la dame,
une idée qui n'est pas mauvaise. Je
ferai durcir les œufs et je les tein-
drai de nuances diverses. »

Cette mère attentive et instruite
connaissait les racines et les plantes
qui peuvent servir à la teinture.
Elle colora des œufs de plusieurs

manières : les uns étaient bleus de ciel, d'autres jaunes comme des citrons, ou d'une nuance comme l'intérieur d'une rose, sur quelques-uns elle avait écrit des devises en vers.

Cette année, Pâques fut un magnifique jour de printemps. Dès que chacun fut de retour de l'église, les enfants montèrent chez la dame qui les avait fait inviter depuis longtemps.

Celle-ci les conduisit dans un petit bois. Elle dit aux enfants d'arracher un peu de la mousse qui entourait les arbres et les rochers et d'en faire de petits nids. Chacun eut soin de retenir la place du sien.

Alors les enfants retournèrent au jardin. Sur une table était posé un immense gâteau qui leur fut partagé par gros morceaux. Après ce repas champêtre, la dame dit aux enfants : « Venez, maintenant, nous allons voir les nids. » O surprise ! dans chaque nid se trouvaient cinq œufs de même couleur, et ces œufs rouges, bleus, jaunes, bariolés, ressor-

laient à ravir de ces jolis nids de belle mousse verte. Quel cri de joie les enfants poussèrent à cette vue ! « Oh ! il faut que ce soient des poules bien rares, qui pondent de si beaux œufs, dit un petit garçon ; je voudrais bien les voir. — Eh ! dit la petite sœur de Marthe, les poules n'en pondent pas d'aussi jolis. Je crois plutôt qu'ils ont été pondus par le lièvre que j'ai vu s'enfuir de ce bosquet lorsque j'ai fait mon nid. » Et tous les enfants d'éclater de rire et de dire en plaisantant :

« C'est le lièvre qui a pondu tous ces œufs de couleur ! »

Le petit Edmond lut la devise qui était écrite sur son œuf. Un petit garçon en fut ébahi ; car dans ce temps-là il y avait encore peu d'écoles, et maintes grandes personnes savaient à peine lire. Alors chaque enfant voulut connaître sa devise. Tous se pressaient autour de la dame, criant comme d'une seule voix : « Qu'y a-t-il sur mon œuf ? Lisez le mien le premier ! »

Elle lut alors leurs devises l'une

après l'autre. Chaque enfant fit tout
son possible pour retenir sa devise,
et il la répétait tout bas pour ne pas
l'oublier. Ils n'avaient jamais tant
appris en si peu d'instants qu'ils le
firent ce jour-là.

Longtemps après, lorsqu'un enfant
n'obéissait pas promptement, son
père levait le doigt et disait :

A l'enfant doux et docile

et l'enfant de répondre

L'obéissance est facile.

et il obéissait. Lorsqu'un autre vou-
lait mentir sa mère disait :

De mentir garde-toi bien,

L'enfant continuait .

Du menteur on ne croit rien.

Et il rougissait de honte. Les parents employaient ainsi toutes les devises. Les enfants ne se lassaient pas de répéter que de leur vie ils n'avaient passé une si heureuse journée. « Eh bien! dit la dame, soyez toujours sages, comme vous le recommandent les devises, et tous les ans je vous donnerai une pareille fête, mais ceux qui auront été méchants n'y seront pas invités. »